KB269865

個人創作 漢詩 第4集

雪嶽 孤吟

元巖 李 明 俊

도서출판 지식나무

序 言

漢文은 어느 나라의 文字인가라는 질문에 답하기는 쉽지 않다
현재까지 동아시아 대부분의 國家에서 많이 通用되고 있기 때문에 쉽
게 결론을 내리기는 쉽지 않을 것이다,
그리하여 우리 젊은이들은 漢文 하면 中國의 文字로만 認識하고 있어
모르는 것을 正當化하는 傾向이 있다.
그래서인지 難解한 것을 배울 필요성마저 못 느끼고 있는 것 같다.
또한, 요즘 사회적으로 청소년들의 文解力 不足을 問題 삼고 있다.
이는 하루 속히 해결하기 위해서는 그 根本 問題부터 先決해야 하지
않을까 생각한다. 우리말의 70% 정도가 한자에서 由來한 것이라
고 한다. 그러면 한자 習得이 問題 解決의 焦點이 될 것이다.
그러므로 漢文 敎育부터 實行하는 것이 필요하리라 생각이 든다.

이러한 漢文은 과거 半萬年 우리 歷史에서 言語, 文學, 思想 등에 끼친
影響力을 생각하면 그냥 無視하고 넘어갈 문제는 아닌 듯하다.

現在의 삶을 되돌아보면, 우리의 일상 言語生活의 바탕도 거의 漢文에
淵源을 둔 것이라고 볼 때 漢文의 役割을 過小評價할 수는 없을 것이다.
따라서 漢文은 古典으로서 意義가 있고 國語로서 學習될 가치가
충분히 있다고 볼 수 있는 것이다.

過去 우리 先祖들은 역사적으로 應集된 삶의 叡智들을 智惠의 産物로
認知하고 그것을 익혔다. 그리하여 科擧試驗의 필수요소가 되었음은

물론 日常事에서 惹起 된 어려운 選擇과 복잡한 判斷의 과정을 合理的이면서도 有益한 方法으로 解決하는 데 큰 도움이 되었을 것이다.

現在의 우리도 變化하는 時代를 先導하기 위해서는 선조들이 이룩한 思惟의 산물인 遺作을 익혀 溫故而知新 입장에서 切磋琢磨해야 할 필요성이 있는 것이다.

筆者는 이런 방대한 遺産 중에서 개인적인 사상이 가장 赤裸裸하게 表現된 漢詩에 穿鑿하게 되었다.
사람마다 詩的 心象은 境界가 없다.
詩語에는 그 言語의 特性에 의해 左右된다고 본다.
詩는 각 國家語의 精華이다.
그 언어의 音調와 情感이 바탕이 되는
歷史와 文化를 體得하기 전에는 作詩가 불가능한 것이다.

이러한 생각에서 옛 先人들의 智慧 그 자체인 漢詩를 읊고 깊이 解釋하고 飜譯하는 것도 의미 있는 作業이라고 생각한다.
우리는 先人들이 기록한 尨大한 文化遺産이 放置되지 않게 새롭게 발전시키는 것도 後孫으로서의 작은 義務라 생각되어 撰詩하게 되었다.
그리하여 현재 漢詩가 점점 사라져 가는 것이 안타까워 생활 주변에서 느낀 바를 加減 없이 자신의 넋두리로 표현해 1集 "思惟的深遠", 2集 "언덕 너머 저편엔", 3集 "裸木의 悲歌"를 그리고 이번에 4集 "雪嶽 孤吟"를 출판하게 되었다

2025. 10.

撰者 元 巖 識

☆ 일러두기

§ 다음 事項을 遵守하여 作詩하였습니다

   1. 換韻 不許

   2. 字字 平仄法 遵守

   3. 5言詩는 2,4不同 嚴守

   4. 7言詩는 2,6通　原則

   5. 5言絶句詩는 下3連 避함

   6. 押韻字는 平聲字로 함

   7. 5言詩는 (起) 承, 結 押韻

   8. 7言詩는 起,承,結 押韻

   9. 7言詩는 平3連, 仄3連 不可

   10, 蜂腰,拗體,鶴膝 不可

★ 撰者의 辯

漢詩를 撰하면서 字字 聲韻 基準을
漢韓事典과 中韓事典(高麗大 發刊)
辭彙(中華民國 刊)을 基準으로 삼았다.
現 中國語 聲韻과 相異하여 平仄에
或如 差異가 있을 수 있음을 諒知해
주시기 바랍니다.

目 次

Ⅰ.5言絶句詩

1. 日出 (일출)

東波平面鏡 (동파평면경)

赤湧半空濤 (적용반공도)

泡沫浮多鳥 (포말부다조)

妖魔竝奔逃 (요마병분도)　妖魔: 요망스런 마귀

동해의 파도는 거울같이 맑고
붉은빛이 공중에서 용솟음치네.
물거품 속에는 많은 새들이 날으니
사악한 귀신도 함께 달아나네.

2. 永郞湖 (영랑호)

萬岳開行海 (만악개행해)

稱天下絶湖 (칭천하절호)

留連歸忘澤 (류연귀망택)

沼畔密林濤 (소반밀림도)

수많은 산은 바다로 향하고
천하 절경이라 칭하는 호수.
돌아갈 것을 잊게 하는 호수.
못가엔 빽빽한 수림이 일렁거리네

3. 朋友 (붕우).

我病連旬月 (아병연순월)

多年渺遠尋 (다연묘원심)

何他無久顧 (하타무구고)

畢業抱丹心 (필업포단심)　　丹心: 굳은 마음

내 병이 몇 달 동안 이어지니
지난 시절 아득하여 찾기도 어렵구나.
어찌 친구들을 생각하지 않았겠냐만
평생 굳은 한마음 품고 살고 있다네.

4. 勉學 (면학)

昔天里上仁 (석천리상인)

猛進咏書頻 (맹진영서빈)

但未卒修業 (단미졸수업)

何爲謝故人 (하위사고인)

옛적 마을에서 인을 행하려는 사람은
앞다투어 책을 자주 읊었지.
단지 끝을 다하지는 못했지만
어찌 옛 스승과 이별을 고하리?

5. 閑寂 (한적)

傍晚迷陽暮 (방만미양모)

陶笛韻寞潮 (도적운막조)　　陶笛: 오카리나

空居寥吠外 (공거요페외)

泰斗見消逃 (태두견소도)　　泰斗: 태극 북두성

햇볕이 지고 있는 어스름 저녁에
오카리나 소리가 적막감을 더하네.
시끄럽지 않은 고요한 집에는
태두가 나타났다, 조용히 사라지네

6. 自樂 (자락)

世百恨多盈 (세백한다영)
難談在沒輕 (난담재몰경)
悲歡成混亂 (비환성혼란)
靜好過生寧 (정호과생녕)

세상에 온갖 회한이 가득해도
죽음를 가볍게 말하기 어렵소.
슬픔, 기쁨, 둘 다 혼란스러워
한적하게 생을 편히 보내련다.

7. 恥友 (치우)

前天遊市巷 (전천유시항)

友不信新拿 (우불신신나)

恥汚觀嘲笑 (치오관조소)

今天很話佳 (금천흔화가)

예전에 도시에서 노닐 제
친구들은 새로운 것은 싫어했지.
조소하며 수치라 생각했었는데
지금은 자못 매우 좋게 말하네?

8. 元岩 (원암)

誰能聽故路 (수능청고로)

日亮被煙蒙 (일량피연몽)

柏響微風点 (백향미풍점)

元岩帶澗終 (원암대간종)

누가 고향 가는 길을 들으려 하니
해가 밝아도 안개 덮이는 곳.
작은 바람에도 잣나무 삐걱대는 곳.
계곡물 따라가다 끝나는 곳 원암!

.

9. 海邊 (해변)

與汝談流岳 (여여담류악)
東觀渺海訶 (동관묘해가)
飛斑雲泡沫 (비반운포말)
漠漠在寒波 (막막재한파)

그대와 산수 이야기를 할 때
동해 드넓은 바다의 꾸짖음을 보았고,
물거품도 영롱한 구름 같이 흩날리고
찬 파도도 끝없이 일렁이고 있었네.

10. 住坊 (주방)

客寂寞無求 (객적막무구)

芳芬不擇州 (방분불택주)

獨居閑意味 (독거한의미)

但識此坊優 (단식차방우)

나그네 묵묵히 욕심이 없고
향기로운 내음도 땅을 가리지 않듯.
홀로 있어 한가롭게 느끼는 맛
드디어 이곳이 좋은 줄 알았네.

11. 近況 (근황)

騷閭間不到 (소려간부도)

自樂送時餘 (자락송시여)

靜坐遊何樣 (정좌유하양)

追懷恨址壚 (추회한지허)

시끄러운 세상과 절연하고
여유롭게 시간을 즐기는구려.
이렇게 조용히 앉아 노니는 맛 어떻소?
폐허의 성터에서 회한을 느꼈다오.

12. 眞我 (진아)

譽敗考天端 (예패고천단)

生還病又艱 (생환병우간)

憂來因己苦 (우래인기고)

豈命盡愁殘 (기명진수잔)

잘 되고 못 되는 것은 하늘에 달렸고
병고와 어려움 속에서 살아 돌아왔소.
스스로 고통의 인과를 서글퍼 하면서
어찌 생명의 끝에 시름이 남지 않을까?

13. 宿營 (숙영)

神淸冷不寢 (신청랭불침)

月話曉星耽 (월화효성탐)　　曉星: 새벽에 뜨는 별

論贊隣德展 (론찬린덕전)

燈前短夜潛 (등전단야잠)

정신이 초롱초롱해 잠들지 못해서
달님 이야기로 새벽까지 몰입시키네.
이웃의 덕을 칭송하며 전개하다 보니
짧은 밤은 등불 앞에서 잠기어 가네.

14. 山城 (산성)

早上往山城 (조상왕산성)

周邊草木傾 (주변초목경)

山光華鳥泣 (산광화조읍)

但就遠祈聲 (단취원기성)

산성으로 아침 일찍 향하니
초목이 주변에 우거졌구나.
새들은 지저귀고 산빛은 화사한데
멀리서 기도 소리만 아득히 들리네.

15. 生涯 (생애)

前年束草棲 (전년속초서)

現在大方居 (현재대방거)　　大方: 동작 대방동

寵辱無關震 (총욕우관진)

人生若電虛 (인생약전허)

전에는 (강원) 속초에서 살았고
현재는 (서울) 대방에 살고 있다네.
세상이 좋든 나쁘든 관심 없이 사네
인생은 번개처럼 허무한 것이기에 …

16. 家眷 (가권)

首爾留堪淚 (수이류감루)　　首爾: 서울의 음차

妻兒對亦愁 (처아대역수)

懷鄕思念轉 (회향사념전)

坐久寂追究 (좌구적추구)

서울에서 살면서 눈물 감내하고
식솔 마주하면 또한 수심이 일었지.
고향 그리는 사념이 (머리에) 선회하면
고요히 앉아서 지난날을 회상하였지.

17. 處世 (처세)

人情隨世變 (인정수세변)

豈墓有德供 (기묘유덕공)

暴雪積難越 (폭설적난월)

愁邊有塞翁 (수변유새옹)　　塞翁: '새옹지마'의 의미

인정은 세월 따라 변하는데
덕을 갖춘 무덤 어느 곳에 있으리오?
쌓이는 폭설도 어렵게 넘었는데
새옹 득실은 알 수 없어 근심되오.

18. 暮色 (모색)

鐘頭何滾滾 (종두하곤곤)

恨緒更多端 (한서경다단)

遠浪溶溶泣 (원낭용용읍)

千年作恕湍 (천년작서단)

시간은 말없이 물같이 흘러가는데
애석함만 서리서리 끊임이 없구려
멀리 강 물결이 출렁대며 울어 댈 때
용서의 저 물결과 함께 이어지리라.

19. 故里 (고리)

歲往留痕在 (세왕류흔재)

家鄉不可嘲 (가향불가조)　　家鄕: 고향

同離獨只降 (동리독지강)

故柳宿寒烏 (고류숙한오)

세월은 흐르며 자취를 남기는데
고향 천 리를 어이 조롱하리
(친구) 함께 떠나 오직 홀로 돌아오니
옛 버들은 찬데 까마귀는 졸고만 있네.

20. 別離 (별리)

接顔時孟夏 (접안시맹하)

後日上山情 (후일상산정)

眼色條廻換 (안색조회환)

誰知首爾傾 (수지수이경)　**首爾**: 서울의 음차

우리는 초여름 날에 만나서
훗날 다정다감하게 산에도 올랐지.
어느 날 안색이 갑자기 바뀌었으니
누가 서울서 헤어질 줄 알았으리오?

Ⅱ. 7言絶句詩

21. 探房. (탐방)

山村現見似童遊 (산촌현견사동유)

里面京遷谷內悲 (리면경천곡내비)

束草煙霞微雨裏 (속초연하미우리)

緣房冷雨進來飛 (연방랭우진래비)

어린 시절 놀던 산촌은 그대로인데
동네 친구들 서울로 가고 없으니 슬프네
안개와 가랑비로 속초는 잠기고 있는데
찬 비만 연거푸 옛집에 날아 들이치네.

22. 思兄 (사형)

亭亭片月最分明 (정정편월최분명)

憶第思兄意愴迎 (억제사형의창영)

每樣春堤芳草綠 (매양춘재방초록)

今年憫惻落花傾 (금년민측락화경)

우뚝 솟은 조각달 밝게 빛나는데
형, 아우 생각하니 그리워 서글퍼지네.
둔덕의 아름다운 풀은 늘상 푸르러지는데
금년에도 이 몸은 낙화와 같이 측은해지네.

23. 思緒. (사서)

富貴功名可且休 (부귀공명가차휴)

昔夕慶會上多遊 (석석경회상다유)　　　慶會樓: 경복궁　내의　누
대

春華却似燈光去 (춘화각사등광거)

百樂人生追憂流 (백락인생추우류)

인간 부귀공명도 잠시 머물다 가는 것
옛날 저녁에 화려한 경회루의 연회도
화려한 봄의 성찬도 섬광같이 사라지니
인생 행락 슬프게 흘러가는구려.

24. 猝遇 (졸우)

烟搖到水沼中星 (연요도수소중성)

露下疎枝上雪零 (로하소지상설영)

路頂輕分別愛汝 (로정경분별애여)

唯來老者舊香傾 (유래노자구향경)

못 가운데에 별이 잠기고 안개도 드리웠고,
찬 눈 덮인 나뭇가지 위에 이슬도 내렸네.
그녀는 길 끝에서 헤어져 갈 길 가더니
옛 정취 사라진 후 늙어 돌아오니 어쩌리!

25. 春景 (춘경)

昨夜春隨雨筍靑 (작야춘수우순청)

前山壑谷吐溪聲 (전산학곡토계성)

庭邊草漸繁花闕 (정변초점번화궐)　　花闕: 꽃 대궐

泣鳥竹林最愛情 (읍조죽림최애정)

지난밤 내린 봄비로 죽순은 푸르러 지고
앞산 골짜기엔 냇물이 소리를 토해 내누나.
정원의 풀은 점점 퍼져 꽃 대궐을 이루니
대나무숲에서 우는 새들이 정겹게 보이네.

26. 閑暇 (한가)

月到東窓客恨慷 (월도동창객한강)

春深野鳥語多長 (춘심야조어다장)

開花季大方登阜 (개화계대방등부)　　大方: 대방동

鵲鳥無情斷九腸 (작조무정단구장)　　九腸: 구곡간장

동창에 달 밝으니 이내 시름이 일고
새들의 지저귐이 많으니 봄도 깊어지네.
대방동의 둔덕에 오르니 꽃이 한창이고
무정한 까치울음이 구곡 간장을 녹게 하네.

27. 思友 (사우)

向汝消息問寧如 (향여소식문녕여)

書傳寄一月加餘 (서전기일월가여)

三冬悵恨違安省 (삼동창한위안성)　　三冬: 겨울 3개월

掛念回頭意不栖 (괘념회두의불서)

자네는 여전히 안녕하신지, 소식 묻습니다.
한 달여 만에 여유가 생겨 글월 보내네.
겨울 다 가도록 문안 못 드려 죄송하고
내 마음 깃들지 못할까 걱정되네.

28. 時候 (시후)

近野多風谷水哀 (근야다풍곡수애)

黃苔古寺不烟開 (황태고사불연개)

山中狗友多識相 (산중구우다식상)

我保何爲在巷排 (아보하위재항배)

계곡물은 슬피 흐르고 뜰엔 바람이 일고
누렇게 이끼 낀 옛 절엔 안개가 덮이었네.
시골 개구쟁이 친구들만 알고 있는 산중
누추한 마을에서 나는 어떻게 살아왔을까?

29. 處境 (처경)

葡萄玉酒飲光杯 (포도옥주음광배)

不盡滄江滾滾來 (불진창강곤곤래)

醉臥江邊君莫笑 (취와강변군막소)

無人所病苦同陪 (무인소병고동배)

좋은(비싼) 포도주를 옥 잔으로 마시며
언제 마르리 저 도도히 흐르는 푸른 강물!
취해 강변에 누운 나를 비웃지 마라
병고로 인해 서로 함께할 사람도 없으니.

30. 虛渡 (허도)

風春馥氣入衣完 (풍춘복기입의완)
整日無人住閉關 (정일무인주폐관)
汝但能來遭遇會 (여단능래조우회)
舒服有意抱杯還 (서복유의포배환)

바람 불어 봄 향기(그윽하게) 옷에 스미는데
문을 닫고 살아도 하루 종일 찾는 이 없다네.
그대와는 어쩌다 모임에서 우연히 만났지
마음 내키면 다시 편하게 한 잔 술 어떠냐?

31. 春情 (춘정)

去歲春花盛帶遐 (거세춘화성대하)

流光躍動力漸嗟 (류광약동력점차)

無關嘆氣將何爲 (무관탄기장하위)

只是先行一善思 (지시선행일선사)

지난해에는 봄꽃이 멀리까지 화려했는데
세월 가니 기력은 점점 쇠약해져만 가네
장차 어찌해야 할지 탄식한들 무엇하리
다만 좋은 생각으로 먼저 행할 뿐이로세.

32. 陟山 (척산)

旋風雨瀑布淋汚 (선풍우폭포림오)

曲曲疑非舊所途 (곡곡의비구소도)

北谷徐徐遞奇頂 (북곡서서체기정)

玆山景勝或能邀 (자산경승혹능요)

회오리바람 불며 비 쏟아지니 오물 씻어주니
굽이굽이 옛 거닐던 길 아닌가 의심되네.
북쪽 계곡으로 서서히 정상에 오르면
이 산 절경을 멀리까지 다 볼 수 있지 않을까?

33. 掛念 (괘념)

醫師勿信有箋方 (의사물신유전방)　　**箋方: 처방전**

濟衆神方論互相 (제중신방론호상)

妙藥長生無效驗 (묘약장생무효험)

隆康本質自得强 (륭강본질자득강)

의사 처방전을 믿지 않고
여러 사람 살리는 묘책을 논의한다.
장생 명약이라도 효험이 없다면
본 기력을 높이면 저절로 건강해질 것이다.

34. 爬雪嶽 (파설악)

前天訪雪岳山呀 (전천방설악산아)

險路靑華豈不佳 (험로청화기불가)

鳳頂干淸風軟綠 (봉정간청풍연록)　　鳳頂: 설악산내의 사찰

相思夢有使山羅 (상사몽유사산라)

얼마 전에 설악을 등정했었다네!
푸른 험로에 꽃 피니 어찌 아름답지 않으리?
연록색 청풍이 부는 속 눈앞엔 봉정암이 우뚝!
꿈에 그리던 설악산이 펼쳐져 보이는구려.

35. 亂局 (난국)

嚴寒白髮日添多 (엄한백발일첨다)

槿土憐民可奈何 (근토련민가내하)　　槿土: 우리나라를 지칭

蜀魄飛來人不見 (촉백비래인불견)　　蜀: 귀촉도, 두견새

亡國後不索何訶 (망국후불색하가)

혹한에 흰 머리털만 날마다 늘어나고
이 나라 불쌍한 백성들 어찌하오리.
두견은 오지 않고 사람은 보이지 않으니
망국 후 꾸짖을 무엇을 찾아야 하지 않을까?

36. 懷念 (회념)

細雨寒生晚暮冬 (세우한생만모동)

殘輝白雪透房弘 (잔휘백설투방홍)

孩童意志層加廣 (해동의지층가광)

豈事村無苦惱通 (기사촌무고뇌통)

추워지는 늦겨울 저녁에 가랑비 내리고
잔설이 들이 비춰 방이 넓어져 보이네
어린 시절엔 의지는 높고 넓었는데
왜 시골에 있을 때 고뇌하지 않았을까?

37. 山中 (산중)

酒幕山村渡過虔 (주막산촌도과건)

獨醪賣掉酒微錢 (독요매도주미전)

黃昏又客交談對 (황혼우객교담대)

問路新賓確定言 (문로신빈확정언)

산촌 주막의 삶은 참으로 공경스럽다.
막걸리를 판 돈은 얼마 되지 않지만
저녁엔 또 손님들과 대화도 하고
새 손님이 길을 물으면 안내해야 한다.

38. 飛龍瀑 (비룡폭)

雪嶽飛龍探訪閑 (설악비룡탐방한)　　飛龍: 외설악의 폭포

煙波遠尺吐珠湍 (연파원척토주단)

濕蒸漸漸衣着落 (습증점점의착락)

醒悟情形過去艱 (성오정형과거간)

살악산 비룡폭포에는 탐방객이 적은데
자욱한 안개 속에 비말만 멀리 날리네.
수증기의 비말로 옷이 점점 젖어 드니
예전의 곤궁과 정황을 각성케 하는구나.

39. 愁事 (수사)

宵風勵害百花連 (소풍려해백화연)

四大門塵汽突遷 (사대문진기돌천)

亂世光陰如海霧 (란세광음여해무)　　光陰: 시간

江湖豈日作閒年 (강호기일작한년)

밤에 바람이 심하더니 온갖 꽃잎이 뿌려졌고
서울 외곽 흙먼지도 갑자기 사라졌구나.
해무와 같이 짧게 세월을 사는 것보다는
강호에서 유유자적하며 사는 것이 더 좋으리?

40. 迷妄 (미망)

燈前孟夏夜無暇 (등전맹하야무가)　　孟夏: 초 여름

各種情懷日恐多 (각종정회일공다)

曲曲都曾經所踏 (곡곡도증경소답)

何求會爲後圖咨 (하구회위후도자)

초여름 밤은 등불 앞의 시간같이 짧기만 한데
두려움이 많아지니 각종 정회가 스며드네
굽이굽이 예전에 이미 다 겪었던 일인데
어떻게 후일을 도모할 수 있을지?

Ⅲ. 5言 律詩

41. 秋閑 (추한)

綠水月浮高 (록수월부고)

鷗飛水上蕭 (구비수상소)

此鬢繁汝矣 (차빈번여의)　　汝矣: 여의도

墨髮盡成蘆 (묵발진성로)

寂靜悲前事 (적정비전사)

支離笑此宵 (지리소차소)

心精逢速落 (심정봉속락)

不可耳悲鳴 (불가이비오)

달은 높이 떠가고 맑은 물은 흐르는데
물 위의 갈매기 쓸쓸히 날아가네.
여의도에서 수염은 길어졌고
검은 머리 갈대가 되었네

지난 일 고요히 생각하니 슬퍼져
이 밤도 쓸쓸한 웃음 나오네
지는 낙엽을 보며 마음을 추스리니
가히 못 들을 비통함이 드네

42. 花樹會 (화수회)

總是類根皐 (총시류근고)

昨今認面初 (작금인면초)

茫然天際想 (망연천제상)

眷屬對而鳴 (권속대이오)　　眷屬: 가족

給惠宗親妥 (급혜종친타)

無爲寧復圖 (무위녕복도)

追懷先意盡 (추회선의진)

族聚應施稠 (족취응시조)

모두 같은 뿌리(언덕)에서 나왔는데도
어제 오늘 처음 보는 얼굴들이구나.
하늘가 바라보니 생각이 끝이 없고
권솔 마주하니 더욱 슬퍼지네.

종친들이 적절히 은혜 베푸니
어찌 다시 생각할 바 없으리오?
회포 풀고 조상의 뜻 다하니
친족 모임 응당 화목하리라.

43. 天程 (천정)

白氣色含豊　(백기색함풍)
班暉雪嶽重　(반휘설악중)
凌晨飛趣興　(릉신비취흥)
柵壁閃光充　(책벽섬광충)

歲月歸虛幻　(세월귀허환)
天邊漲泡雄　(천변창포웅)
巡天圈一勢　(순천권일세)
世事有終窮　(세사유종궁)

태양의 기운을 풍부하게 머금어
설악에는 광채가 아롱지네
새벽에 일어나니 기분 가벼운데
울타리엔 햇볕 반짝이네.

공허한 환상 속에 세월은 돌아가고
웅장한 파도가 하늘가에 일렁이네.
하늘은 한결같은 기세로 순행하고
세상사는 끝내 다함이 있으리오.

44. 還鄕 (환향)

離鄕老轉州 (리향노전주)

問客豈坊追 (문객기방추)

獨坐溪邊草 (독좌계변초)

洲灰葦朶垂 (주회위타수)

秋風吹白首 (추풍취백수)

默默使人愁 (묵묵사인수)

以後歸鄕日 (이후귀향일)

相思看水流 (상사간수류)

고향 떠나 늙어서 고향에 돌아오니
객은 어디서 왔냐라고 묻는다
홀로 물가 풀숲에 앉으니
물가엔 회색 갈대꽃 피었네

가을바람에 흰 머리카락 날리고
묵묵히 있자니 슬프지 않으리오?
이후 고향 돌아오는 날에도
물이 흐르는 것을 볼 수 있을지?

45. 無聊 (무료)

去季晩秋拘 (거계만추구)

銀河色薄浮 (은하색박부)　　銀河: 은하수

春秋經迅速 (춘추경신속)　　春秋: 세월

客想慾無求 (객상욕무구)

忍耐煩生世 (인내번생세)

賢豪任使追 (현호임사추)　　賢豪 현인, 호걸

遲徊空想法 (지회공상법)

不認爲邊溝 (불인위변구)

늦가을은 거침없이 깊어져 가고
은하수도 빛이 희미해지누나
세월은 재빠르게 지나가니
나그네 욕심도 사라지네

세상 고뇌를 인내로 잊고 사는
현인, 호걸들을 따르고자 하여
느긋이 배회하며 공상하다
냇가에 다다른 것도 알지 못했네.

46. 冠岳 (관악)

首爾似恒堂 (수이사항당)　　首爾: 서울의 음차

微寒使我傷 (미한사아상)

今天獨上頂 (금천독상정)

戀主慕鄉當 (연주모향당)　　戀主: 관악산 연주대

欲去時得故 (욕거시득고)

何年是故鄉 (하년시고향)

憂來舒草坐 (우래서초좌)

谷朶面拂香 (곡타면불향)

서울은 언제나 집과 같은 곳
서늘해지니 나를 서글프게 한다,
오늘 홀로 산꼭대기에 올라
연주대에서 고향을 그려본다.

시간을 내어 고향으로 돌아간다 했건만
언제 다시 고향으로 돌아가게 될지
우울해져 풀밭에 책을 깔고 앉으니
계곡의 꽃향기 얼굴에 스치네

47. 忘我 (망아)

年來臥巷籬 (연래와항리)

正否豈說馳 (정부기설치)

勸勉無全力 (권면무전력)

臨崎有背徊 (임기유배회)

當黃菊爲貴 (당황국위귀)

白雪忍花奇 (백설인화기)

客恨只無認 (객한지무인)

聊盃酒爲飛 (료배주위비)

연초부터 할 일 없어 집에 누워 사니
누가 나에게 옳다 그르다 말하겠는가?
성실히 노력한 것 쓸 데가 없으니
어려운 일 생기면 등지게 되네.

누런 국화 마땅히 너만 홀로 고우냐?
흰 눈 이겨낸 꽃도 어이 아니 고우리.
나그네 시름 아는 이도 없으니
애오라지 술잔에 날려 보내고 싶네.

48. 故土 (고토)

不忘故鄕邱 (불망고향구)
元岩萬里求 (원암만리구)
人消籬朽落 (인소리후락)
樹汽滅失隨 (수기멸실수)

自顧孤千外 (자고고천외)
衰年世味迂 (쇠년세미우)
烟昏明月躍 (연혼명월약)
適好起閒愁 (적호기한수)

그리던 고향 차마 못 잊어
멀고 먼 원암을 찾았네.
인적 드물고 마을도 후락해져
숲 향기마저 사라졌네.

천 리 밖에서 외로워 되돌아보니
노쇠해져 세월 맛도 멀어져 가고
안개 낀 저녁 밝은 달 떠오를 때
때맞춰 한가한 수심이 일어나네.

49. 返鄉 (반향)

進甲返鄉廻 (진갑반향회)　　進甲: 61세

人亡又里耆 (인망우리기)

邊籬凉雨下 (변리량우하)

晚得數花枝 (만득수화지)

落葉歸還踏 (락엽귀환답)

靑苔有巷眉 (청태유항미)

茫茫悲過事 (망망비과사)

忘苦暮江迷 (망고모강미)

고향 떠나 61세에 돌아가니
사람들은 죽고 마을은 피폐화됐네.
마을에 서늘한 비가 내리니
늦게 핀 가지에 몇 송이 꽃이 피었네

가을 되어 낙엽 밟고 돌아오니
마을 어귀엔 푸른 이끼 끼었구나.
지난 일을 생각하니 홀연히 서글픈데
희미한 저녁 강은 슬픔도 잊고 흐르네.

50. 秋懷 (추회)

花飛有底稀 (화비유저희)
鷺亦入沙馳 (로역입사치)
日落高雲起 (일락고운기)
仙風散羽衣 (선풍산우의)

風光無貸我 (풍광무대아)
歲月閱飛雷 (세월열비뢰)
市井身成老 (시정신성로)
能聽不可疑 (능청불가의)

꽃잎은 흩날리어 떨어지고
갈매기는 모래 위로 날아드네.
해는 지고 구름 높이 일 제
맑은 바람 옷깃 스미는구나.

시간은 나에게 주어지지 않고
세월은 번개처럼 날아가네.
세파 속에 몸은 이미 늙어
의심 없이 듣기만 하누나.

51. 自嘆 (자탄)

玉露泡溪舒 (옥로포계서)

孤雲斂露墟 (고운렴로허)

青歸殘夢裏 (청귀잔몽리)

末路本生虛 (말로본생허)

喜悅亡歸返 (희열망귀반)

艱辛世道悽 (간신세도처)

餐肴無一味 (찬효무일미)　　餐肴: 진수성찬

低首跨讀書 (저수과독서)

흰 이슬 내리고 계곡엔 포말 펼쳐지고
구름 걷히니 황무지가 드러나네.
젊음은 어수선한 꿈속으로 사라졌고
인생의 노년은 진정 허망하구려.

즐겁던 시절도 돌이킬 수 없고
괴로운 세상 길 감내하기 어렵구나
진수성찬도 음미할 수 없어
홀로 앉아 책만 읽는다오.

52. 老恨 (노한)

去歲但達閑 (거세단달한)

愁憔更不端 (수초경불단)

學德無效果 (학덕무효과)

對業有留難 (대업유류난)

寡友皆泥土 (과우개니토)

頑身忍受間 (완신인수간)

哀憐浮世事 (애련부세사)

往肅湧波灣 (왕숙용파만)

세월은 쉼 없이 흘러가는데
시름은 서리서리 끝이 없네.
여태껏 닦은 배움 쓸 곳 없고
닥치는 일에는 어려움만 남네

여러 친우 차례로 세상 떠났고
우둔한 몸 그 사이에서 인내하누나.
가련하고 보잘것없는 인생사
격동의 세상에 조용히 갈지어다.

53. 閑居 (한거)

單身恨髮蕭 (단신한발소)

冷雨欲深宵 (랭우욕심소)

晩老惟玩靜 (만로유완정)

平凡不比蘆 (평범불비노)

無心長自怠 (무심장자태)

外壁寡人途 (외벽과인도)

只在孤空宇 (지재고공우)

能喫一酒謀 (능끽일주모)

홀로 앉으니 성긴 머리털 서럽고
깊은 밤에 찬비만 내리는구나.
늙어가며 오직 고요함만 즐겨
세상일에는 관심이 없어지네.

게을러져서 세사에 관심 없으니
집 앞에는 인적이 끊겼구나.
다만 외로이 빈방에 있으니
찾아와 술 한 잔 안 하려는가?

54. 歸鄕 (귀향)

家鄕駐宿些 (가향주숙사)

蔓草秀繁多 (만초수번다)

細雨忽呼嘯 (세우홀호소)

梧飛滿一街 (오비만일가)

秋空涼氣滿 (추공량기만)

日月晦光遮 (일월회광차)

鏡裏消紅臉 (경리소홍검)

玆心亂似絲 (자심란사사)

고향 마을은 사는 사람들이 적어지고
수풀만 무성하게 엉켜 있네.
가랑비 속에 홀연 휘파람 소리 들리고
오동잎은 날리어 거리에 가득하구나.

가을이라 청량한 기운 가득 차고
해와 달은 빛이 희미해졌네.
붉은 얼굴 거울 속에 야위어지니
이 마음 갈가리 흩어지누나.

55. 挽歌 (만가)

綠水月圖挑 (록수월도도)

波如一套袍 (파여일투포)

春天歸鳥返 (춘천귀조반)

被斷止痕遙 (피단지흔요)

臉上三年過 (검상삼년과)

東西寄信敲 (동서기신고)

蕭條何我泣 (소조하아읍)

客恨不能度 (객한불능도)

맑은 물속에 흰 달이 움직이니
물결은 한 벌의 도포 자락 같구나.
봄이 되니 새들은 날아서 돌아오는데,
인적은 끊인 지 오래 되었네.

너를 본 지도 벌써 3년이 지났는데
소식은 어디에서 찾을 수 있을지!
그 쓸쓸함이 나를 울리니
객의 시름 이겨낼 수 없도다.

56. 自吟 (자음)

唯單幽絶敲 (유단유절고)
只素月明孤 (지소월명고)
老向無聊臥 (로향무료와)
詢生勿旅途 (순생물여도)

相奇行歲月 (상기행세월)
我勢勿當嘲 (아세물당조)
痛恨加增苦 (통한가증고)
風光不待超 (풍광불대초)　風光: 세월

찾는 이 없어 홀로 한가하게 지내니
오직 흰 달만이 외롭게 비추는구려.
무료하게 늙어가며 소일하는
내 생애의 여정은 묻지를 마소.

세월은 기이하게도 자주 바뀌니
내 삶이 어떻다 비웃지도 마소.
통한스런 슬픔 갈수록 더해 가는데
세월은 기다리지도 않고 빨리 가는구려.

57. 畢生 (필생)

逍遙步阜連 (소요보부연)
索茂野江邊 (색무야강변)
我老無衰到 (아로무쇠도)
灰心不復牽 (회심불부견)

浮名波潛迹 (부명파잠적)
餓鵲叫洲淵 (아작규주연)
喚起塵回顧 (환기진회고)
曾經意忘顯 (증경의망현)

한가로이 둔덕을 거닐어도 보고
풀 무성한 강변도 찾아보았소.
이 몸 늙어 쇠약해지니
쓸쓸한 심사 달랠 길 없도다.

허튼 이름 흔적도 없이 사라지는데
굶주린 까치 못가에서 울고 있네.
지난 세상일 돌이켜 생각하니
일찍이 내 뜻은 허망하였다오.

58. 嘆老 (탄로)

桃花首爾遷 (도화서울천)　　首爾: 서울의 음차

落葉看嗟連 (낙엽간차연)

寄話重紅臉 (기화중홍검)

灰頭正可憐 (회두정가련)

紅顔良少際 (홍안량소제)

片刻鶴毛旋 (편각학모선)　　片刻: 순간

索顧當遊處 (색고당유처)

惟黃暮鳥遷 (유황모조천)

서울에 복숭아 꽃 지고 있고
낙엽을 보니 한숨을 짓게 되네.
젊음을 거듭 자랑하지만
흰 머리털은 진정 슬픔이 되네.

젊은 시절 볼이 붉은 한때가
순간 흰 머리털로 둘러쳐 졌네
옛 놀던 곳을 휘돌아 찾아보니
오직 황혼에 새들만 날아가누나.

59. 搬家 (반가)

眷率徙宅時 (권솔사택시)
當天暖汽飛 (당천난기비)
聽說何宅到 (청설하택도)
己着自邊岐 (기착자변기)

未會觀心理 (미회관심리)
隔隣想美馳 (격린상미치)
結交金不足 (결교금불족)
萬歲不同離 (만세불동리)

가솔들 이사할 때
당일 온화한 날씨에 기분이 좋았다.
댁들은 어디서 왔냐고 물으니
가까운 갈림길에서 이사 왔다 했다.

마음으로 살펴볼 여유도 없었지만
이웃들은 매우 좋아 보였다.
서로의 사귐은 금으로 살 수 없는 것
오래도록 같이 함께 살기 바랬다.

60. 淸澗亭 (청간정)

一歲始惟秋 (일세시유추)

能紅葉幾隨 (능홍엽기수)

今年將盡夜 (금년장진야)

寂寞痛前憂 (적막통전우)

欲作家鄕意 (욕작가향의)

煙波處處愁 (연파처처수)

東登淸澗頂 (동등청간정)　　淸澗亭: 관동8경의 정자

造物豈安趨 (조물기안추)

1년에 한 번은 가을이 있는데
몇 번이나 단풍놀이를 할 수 있을까?
곧 금 년이 끝나가는 밤에도
지난 잘못을 생각하면 적막감이 들걸세.

고향 그리는 글월을 쓰려니
곳곳에 슬픔이 안개같이 희미해지네.
동해 청간정 누대에 오르니
천제는 어떻게 편안히 계시는지?

61. 隱逸 (은일)

老與病支扶 (노여병지부)

諸朋旣往浮 (제붕기왕부)

顔敷華髮掉 (안부화발도)

鏡面不昔憂 (경면불석우)

叫嘯徘徊暮 (규소배회모)

愁絲更繼隨 (수사경계수)

還工微問處 (환공미문처)

頂髮白霜追 (정발백상추)

늙으면 병과 함께 하는 것
여러 친우 벌써 세상을 등졌구나.
얼굴은 쭈그러지고 모발은 빠져
거울 속은 옛날이 아니라 슬프구나

저녁에 휘파람 불며 거닐어 봐도
시름은 서리서리 좇아오는구나.
일을 돌이켜 물어볼 곳도 없어지고
머리 위에 백발만 쫓아 오네

62. 思鄕 (사향)

歸來束草迷 (귀래속초미)

杏朶幾番期 (행타기번기)

密霧還連散 (밀무환연산)

遊玩不記籬 (류완불기리)

朝陽光阜樹 (조양광부수)

甚枕夢無施 (심침몽무시)

使我愁思蓋 (사아수사개)

誰能越想堆 (수능월상퇴)

속초에 돌아 가본 지도 오래되었고
살구꽃은 몇 번이나 피었다 졌는지.
짙은 안개도 끼었다 흩어졌을 것이고
마을에서 놀던 때의 기억도 사라지네

언덕 위의 나무에 아침 햇볕이 비칠 때
깊은 잠에 단꿈도 꿀 수 없었지.
수심이 깊어 나를 뒤덮으니
누가 이 생각을 떨칠 수 있으랴?

63. 仙遊島 (선유도)

仙遊到波洲 (선유도파주)　　仙遊島: 한강의 하중도

彩雲影悠悠 (채운영유유)

物換多番趙 (물환다번당)

寒江激自流 (한강격자류)

雙橋虹接落 (쌍교홍접락)

晩色褪梧追 (만색퇴오추)

腹裏懷香友 (복리회향우)

誰說累歲浮 (수설루세부)

선유정의 강변에 다다르니
채색 구름 유유히 떠도는구나.
물정은 그 얼마나 바뀌었는지?
찬 강물만 굽이쳐 흐르는구나.

두 다리에는 무지개가 걸려 있고
오동잎 단풍 떨어지니 늦가을인가?
문득 가슴에 스며오는 친구들의 향기
누군들 뜬 세월 말하지 않으리오?

64. 信念 (신념)

航天豈境城 (항천기경성)

遇物應當誠 (우물응당성)

但願勤橫夜 (단원근횡야)

消失痛苦名 (소실통고명)

年頭余所顧 (년두여소고)

欲往反浮萍 (욕왕반부평)　　浮萍草: 호수에 떠다니는 수초

萬事驚秋夢 (만사경추몽)

誰憑過作聽 (수빙과작청)

하늘는 경계의 끝이 없는 듯하고
물정은 응당 성찰만 있을 뿐이다.
다만, 밤새워 부지런히 임하면
고통의 어려움은 해결되리라.

년초에 내 소원하는 바 있어도
가다 오다 하면 부평초가 되리니
만사가 모두 가을의 꿈인 것을
지난 일을 누구에게 들어보나?

65. 興趣 (흥취)

空山寂想精 (공산적상정)

澗谷野蟲聲 (간곡야충성)

朶落知多少 (타락지다소)

前天細雨惺 (전천세우성)

林香些入服 (림향사입복)

岳壁氣香屛 (악벽기향병)

坐眺雲微起 (좌조운미기)

何別景象瞑 (하별경상명)

고요한 산속에선 생각이 순수해지고
계곡은 들 벌레 소리뿐이로구나
꽃이 조금 떨어진 것을 보니
그저께 가랑비가 내렸는가 보다.

수목 내음 금세 옷에 스며들고
암벽엔 꽃향기 가득 둘렀네
이는 구름 바라보고 앉으니
어둑해지니 어찌 별천지가 아닐까?

66. 舊地 (구지)

銳岳靜朝暉 (예악정조휘)

江頭但坐微 (강두단좌미)

凉風凋野樹 (량풍조야수)

燕子故飛歸 (연자고비귀)

就念兒童友 (취념아동우)

低垂白髮馳 (저수백발치)

隣居何所有 (린거하소유)

幾老寡妻支 (기로과처지)

고요한 산악에 아침이 밝아오면
강변에 잠시 이내 몸 앉게 된다.
서늘한 바람 불어 수목이 시들 때면
제비들은 날아 고향 찾아 돌아갔구나.

지난 어린 시절 친우들을 생각하며
고개 숙이니 흰 머리털만 쳐지누나.
이웃들은 어느 곳에서 살고 있는지?
몇몇 늙은 할미만 고향을 지키고 있네.

67. 訪鄉 (방향)

雪嶽草新濃 (설악초신농)

元岩水向東 (원암수향동)　　元岩: 지명

芳林花自落 (방림화자락)

峽路鳥空聰 (협로조공총)

早日光高樹 (조일광고수)

潭紋爽快逢 (담문상쾌봉)

邱園隨澗到 (구원수간도)

狗叫接余通 (구규접여통)

설악산의 초목은 새롭게 짙어지고
원암천은 동해로 흘러가는구나.
아름답던 수목의 풀은 절로 지고
좁은 길가의 공중에 새 소리만 들리네.

높은 나무에 아침 햇볕 비출 때
연못의 여울을 상쾌하게 바라본다.
물길 좇아 고향 땅에 이르니
강아지만 나를 보고 짖어 반기네.

68. 孤寂 (고적)

閑人不可牽 (한인불가견)

事是十年前 (사시십년전)

向老身常怠 (향로신상태)

忙行路輛眠 (망행로량면)

斜陽江浪碧 (사양강랑벽)

降暗遠光連 (강암원광연)

往步微橋上 (왕보미교상)

蕭條日巷偏 (소조일항편)

한가로이 지내는 나 찾지 마소
일 끝난 지 10년 전이라오.
늙어지니 몸은 나태해지고
바쁘던 차량도 주차장에서 쉬고 있네.

석양에 강물은 더욱 푸르러지고
어둠이 내리니 불빛은 멀리 이어지네.
다리 위에는 오가는 이 별로 없고
날마다 골목길은 쓸쓸하기만 하네.

69. 自省 (자성)

我少氣猶存 (아소기유존)
頭邊亂世昏 (두변란세혼)
能無完世業 (능무완세업)
萬里返隣溫 (만리반린온)

遠嶺登明月 (원령등명월)
天西耀落村 (천서요락촌)
寥寥心事寞 (료료심사막)
欲老自然魂 (욕로자연혼)

나의 젊은 혈기 아직도 남았는데
난세 속 머리털만 희미해져 가는구나.
평생의 뜻은 다 이루지는 못했건만
먼 길 돌아와도 이웃들은 반겨주네.

멀리 재 넘어 밝은 달이 떠올라
서쪽에 있는 촌락을 비추는데
이내 심사 쓸쓸하고 한가해도
나의 넋은 자연과 함께 늙으리라.

70. 年光 (연광)

蘆葦紫花浮 (노위자화부)　　蘆葦: 갈대풀

如何話老嘔 (여하화로구)

浮生終歲內 (부생종세내)

萬事一歌句 (만사일가구)

玉露凋梧葉 (옥로조오엽)

秋節喜暫臾 (추절희잠유)

靑年交友寂 (청년교우적)

歲月瞬江流 (세월순강류)

자주색 갈대꽃 흩날리는 것을 보고
어찌 노쇠하다고 말을 하리오.
인생 한평생도 뜬 생애로 끝나니
삶이라는 것은 노래 한 구절이로다.

찬 이슬 내려 오동잎 시들어지니
좋다는 가을날도 순간 사라지네.
젊은 시절 사귄 벗도 소식조차 없고
세월은 강물같이 순간 흘러갈 뿐이로다!

Ⅳ. 7言 律詩

71. 憶想 (억상)

覆蓋丹楓谷鳥呼 (복개단풍곡조호)

浮雲奔北莫之招 (부운분북막지초)

都城火線平和樂 (도성화선평화락)

過去消失後沒渡 (과거소실후몰도)

想久讀床書搾宇 (상구독상서착우)

七旬百感易沾簫 (칠순백감역첨소)

追憐苦事嗟何客 (추련고사차하객)

但是天公順理彫 (단시천공순리조)

붉은 단풍 뒤덮은 계곡은 새들이 지저귀고
북으로 향하는 뜬구름 어디서 왔는지 모르겠네
도성의 불타는 꽃을 보니 태평성대 같은데
과거는 지나왔고 후일은 측량할 수 없네

옛날 좁은 집의 책상에서 공부할 때를 생각하니
칠순에 수많은 감정이 퉁소를 쉽게 적시네
쓰라린 일을 추적하니 어찌 슬프지 않으리오?
다만 하늘은 삼라만상을 조각했을 뿐인데!

72. 爬山 (파산)

鶴死坪登立嶽高 (학사평등립악고)　　鶴死坪: 설악산 밑 마을

雲霄頂偉似插刀 (운소정위사삽도)

林邊窄路來徐步 (림변착로래서보)

漸入流暈亮雪燒 (점입류훈량설소)

最是淸淸飛兩瀑 (최시청청비양폭)　　兩瀑: 설악의 폭포

繁林紫翠幻鮮圖 (번림자취환선도)

今天始遠重新索 (금천시원중신색)

更欲談山論評途 (경욕담산론평도)

학사평에서 높이 솟은 설악산을 오르니
마치 칼을 꽂은 듯이 구름 속 우뚝 솟은 모습이네
숲 가의 좁은 길로 천천히 걸어
눈이 녹아 맑게 흐르는 물길을 따라 점점 들어갔다.

마침내 맑은 물줄기를 쏟아내는 양폭은.
짙은 숲에 보라, 푸른 빛을 새롭게 그려내고 있었다.
오늘 멀리에서 다시 설악을 찾는 것은
또다시 산을 논하고 평하기 위하여 간 것이다.

73. 遇到 (우도)

昏衢窄巷衆如群 (혼구착항중여군)

已掛初夕晦月暈 (이괘초석회월훈)　　晦月: 그믐 달

陋巷廻來無返意 (누항회래무반의)

憂深室臥不出門 (우심실와불출문)

經常閉凍十餘日 (경상폐동십여일)

最近終于舊友奔 (최근종우구우분)

幾號溫和天盛夏 (기호온화천성하)

遭朋渡酒過芬樽 (조붕도주과분준)

저녁 마을의 좁다란 거리에 사람들 분비고
초저녁인데 벌써 희미한 그믐달이 걸렸네
누항에 돌아올 생각은 없어서
깊은 시름으로 문밖으로 나가지 않았다.

늘상 문은 10여 일씩 잠겨 있었는데
최근 옛 친구를 갑자기 만났다.
한여름 며칠 따뜻한 어느 날에
친구 만나 한잔하며 즐겁게 보냈네.

74. 向老 (향노)

芳郊昨夜晚秋廻 (방교작야만추회)

窄枕寒窓起睡遲 (착침한창기수지)

透霧更凄涼厚雨 (투무경처량후우)

玆身奈似鳥回歸 (자신내사조회귀)

微知病枕超秋暮 (미지병침초추모)

白葦開花小壁籬 (백위개화소벽리)

富貴功名唯彩霧 (부귀공명유채무)

秋風皓月適蛾眉 (추풍호월적아미)

늦가을 어젯밤에 교외를 산책했었고,
날이 추워 잠이 오질 않아 늦게 일어났다
연무 속에 서늘한 비가 많이 내려 처량해지고
이내 몸도 흡사 철새 돌아오는 느낌이었다

병으로 누워 가을이 가는 줄 몰았는데
작은 울타리 너머에 흰 갈대꽃이 알려주었네
부귀공명도 오직 화려한 안개일 뿐이니
가을바람 밝은 달에 마음 편히 적응하여 보세.

75. 登淸溪 (등청계)

淸溪每見作興恒 (청계매견작흥항)　淸溪山: 서울 남쪽의 산

柏木猶覺滿谷香 (백목유각만곡향)

去勢今天還散步 (거세금천환산보)

平生吾亦五番翔 (평생오역오번상)

淸空滿野長煙霧 (청공만야장연무)

去夜突然又降霜 (거야돌연우강상)

苦惱何獨迷槁木 (고뇌하독미고목)

安得向酒上神觴 (안득향주상신상)

청계산을 보면 매번 흥분되고
잣나무 향기는 골짜기에 가득하네.
오늘도 지난해와 같이 다시 등산했다.
나는 지금까지 5번 이 산에 올랐네.

날은 맑은데 들엔 안개 자욱하고
지난밤엔 갑자기 서리가 내렸구나
말라죽은 고목을 보니 생각이 깊어지니
어찌 신에게 잔을 올리지 않을 수 있으리오.

76. 彌矢嶺 (미시령)

早上烟雲底去悠 (조상연운저거유)

弘陽我側遠飛丘 (홍양아측원비구)

彌矢嶺頂觀多里 (미시령정관다리)　　彌矢嶺: 설악산의 고개

漠漠天邊漲水推 (막막천변창수추)

太古天模習一狀 (태고천모습일상)

人生百演事忽趨 (인생백연사총추)

平生喜悅虛空意 (평생희열허공의)

宿命存亡奈避愁 (숙명존망내피수)

아침에 구름 안개 낮게 떠 유유히 가는데
붉은 태양은 먼 언덕 너머에서 떠오르네
미시령 정상에서는 많은 촌락이 보이고
막막한 하늘가에는 물결 출렁이듯 하네

태고 하늘의 모습은 같은 형상이었는데
인생 백 년 세월 빠르게 연출하는구려
세상의 온갖 기쁨도 부질없는 것
존망의 숙명인 슬픔을 어찌 피할 수 있으리오?

77. 人世 (인세)

停職獨宅月登牽 (정직독택월등견)

遠壑殘雲銳岳連 (원학잔운예악연)

老歲神淸坐不睡 (노세신청좌불수)

丹心過事悔悠然 (단심과사회유연)

人生强志寬容廣 (인생강지관용광)

豈是推求不路旋 (기시추구불로선)

岔路難題樽幾醉 (차로난제준기취)

應該考慮已別年 (응해고려이별년)

정년퇴직 후 홀로 달을 기다리는데
먼 계곡의 잔운은 높은 바위를 지나네
늙어도 정신은 맑아 잠 못 이루고 앉으니
지난 일의 결심이 아련히 후회도 되네.

삶에 대한 강한 의지와 넓은 관용은
어찌 인생행로에서 추구하지 않았겠는가?
인생의 갈림길에 난제 만나 술로 몇 번 취했고
응당 사연을 말하고자 하나 이미 세월이 지났네

78. 秋緖 (추서)

西風跳動白蘆花 (서풍도동백노화)
漢岸冥冥十里砂 (한안명명십리사)
野草溪楓霜意近 (야초계풍상의근)
十分暮色畵圖佳 (십분모색화도가)

茲吟古籍關門掩 (자음고적관문엄)
勿禮心情世相魔 (물레심정세상마)
此負余身隨不抱 (차부여신수불포)
從知往事整嘆嗟 (종지왕사정탄차)

서풍 불어 흰 갈대꽃 일렁이고
한강변 십리 모래사장 어둑해진다.
들풀과 서리 맞은 시냇가의 단풍은 곱고
저녁노을은 한 폭의 그림같이 걸렸구나.

요즘 홀로 문을 닫고 옛 책을 읊조리니
시끄러운 세상 일에는 마음에는 없네
이 무거운 짐을 내가 스스로 관심 버리니
지난 일 한탄한 것을 모두 알겠노라.

79. 老家宴 (노가연)

日旣西藏月未成 (일기서장월미성)

齊顏等色合歡情 (제안등색합환정)

將出酒酩呈玻盞 (장출주명정파잔)

冷淡光燭耀酒坪 (냉담광촉요주평)

夏日元岩薰樹散 (하일원암훈수산)　　元岩: 어린시절 자란 곳

雲投越雪嶽飛零 (운투월설악비영)

經常思君毛成皓 (경상사군모성호)

到底來得遠始銘 (도저래득원시명)

달은 뜨지 않았는데 해는 이미 지고 있네
깊은 정을 누리기 위해 모두 얼굴을 단장하네.
곧 좋은 술을 유리잔으로 나누다 보니
술자리는 청초한 등불이 훤히 비춰준다.

여름날 원암의 나무에서 향취 뿜어내고
구름은 설악을 넘어 날아 사라지는구나.
임을 줄곧 그리다 머리털이 희어졌고
드디어 멀리까지 와서 함께 새길 수 있었네.

80. 觀望 (관망)

彰然腹目頓淸迎 (창연복목돈청영)

陟頂觀施萬里傾 (척정관시만리경)

遠處東西平野段 (원처동서평야단)

黃牛正擬系煙汀 (황우정의계연정)

薄情歲月無能長 (박정세월무능장)

萬事難談路歿輕 (만사난담로몰경)

過去曾經來日緊 (과거증경래일긴)

超天誤事嘆何聽 (초천오사탄하청)

날이 갑자기 맑아지니 눈이 확 트이고
높은 언덕에 오르니 만 리가 펼쳐진다.
평평한 끝자락에 펼쳐진 먼 들판에서는
연무 낀 물가서는 황소를 매고 있네

박정한 세월은 무정하게 늘려주지 않으니
만사 죽음의 길을 가볍게 말하기는 어렵구나.
옛날은 이미 지나갔고 올 날은 긴장되는데
지난 잘못한 일 한탄한들 어찌 누가 듣겠는가?

81. 忽然 (홀연)

初秋起早走出宮 (초추기조주출궁)　　宮: 서울의 대궐

竟冷豊晨汎浪崩 (경냉풍신범랑붕)

片刻停雲煙突徙 (편각정운연돌사)

爬乘浪動唱淸風 (파승랑동창청풍)

岡峽寂寞松林茂 (강협적막송림무)

谷水鳴蟬寡不崇 (각수명선과불숭)

住恨秋出來晚草 (주한추출래만초)

歸來意外髮微豊 (귀래의외발미풍)

초가을에 일찍 일어나 서울을 벗어나니
드디어 새벽 물결에 서늘한 바람 부네
잠시 멈췄던 구름 안개 돌연 피어오르고
맑은 바람 소리 물결 타고 피어오르네.

송림은 무성하고 산협은 적막하니
계곡 물소리, 매미 울음 싫지 않구나
묵은 근심이 가을 되어 풀숲에서 돋는지
문득 돌아보니 머리털이 덥수룩해졌네.

82. 憔慮 (초려)

領到繁春萬樹馨 (령도번춘만수형)

垂楊空隙坐鶯鳴 (수양공극좌앵명)　　垂楊: 버드나무

依微萬境烟陰厚 (의미만경연음후)

壁外孤寥拜訪聽 (벽외고요배방청)

一歲春節終包處 (일세춘절종포처)

傷心愴悴暮陽傾 (상심창췌모양경)

猶相似夢靑春事 (유상사몽청춘사)

世上空留白髮屛 (세상공류백발병)

봄이 한창이니 나무숲 향기 스미고
수양버들 숲에서는 꾀꼬리 노래하네
여기저기에선 미세한 안개 자욱한데
담밖에는 찾는 이 없어 고요하구나

이번 봄 절기는 끝나는 낌새 보이는데
기우는 석양에 상처받은 마음 초췌하구나
젊은 시절의 일은 꿈결같이 지나왔는데
세상사에 머리엔 백발로 병풍이 처졌네.

83. 空想 (공상)

胚胎世上隙男愁 (배태세상극남수)
認我平生事有誰 (인아평생사유수)
莫語天夕頻酒飮 (막어천석빈주음)
明朝仲老歲華秋 (명조중로세화추)

如今晩色終何處 (여금만색종하처)
世界娑婆配酒隨 (세계사바배주수)
弱體凉風寒氣早 (약체량풍한기조)
江湖豈日作閒隅 (강호기일작한우)

좁은 세상에서 고달픈 남아로 태어나
이내 평생 일을 누가 알아주겠는가?
매일 술을 자주 마신다고 말하지 말라
새해 아침이면 내 나이 중 늙은이일세.

이제 노년! 어느 곳에서 끝나게 될지?
이 사바 세상에서 술 따르며 살아보세.
허약한 몸이라 추운 기운 일찍 타니
어떻게 강호의 한가한 곳에서 살 수 있을까?

84. 晩秋 (만추)

春川不改舊山河 (춘천불개구산하)　　春川: 강원 지명

父老如今感慨多 (부로여금감개다)

最是北山今夜月 (최시북산금야월)

長程散步見余呵 (장정산보견여가)

江邊一色靑山虹 (강변일색청산홍)

奔落飛丹累路羅 (분락비단루로라)

世裏聞名空白首 (세리문명공백수)

東來漢水去悠嗟 (동래한수거유차)

춘천은 변함없이 옛 모습 그대로인데
부친이 늙어가니 시름만 많아지네
오늘 밤 북산 높이 솟은 저 달 보면서
길게 산책하며 자신을 되돌아보게 되네

강변의 청산은 무지개처럼 창연한데
지는 단풍 흩날리어 길가에 쌓이는구려
세상에 태어나 이름 없이 머리만 희어지니
동에서 흘러온 한강만 탄식하며 흐르네

85. 幽夏 (유하)

綠樹全空地廣播 (록수전공지광파)

夕讀冊夏日長斜 (석독책하일장사)

寒凉去夜包裝露 (한량거야포장로)

掩盖雲陰爽快遮 (엄개운음상쾌차)

白月明狹房解衣 (백월명협방해의)

宵來應互夜談羅 (소래응호야담라)

山峰上月獨高曜 (산봉상월독고요)

返照虛窓亮邸加 (반조허창량저가)

공터에 초록 숲이 넓게 퍼져있고
여름날이 길어져 저녁까지 책을 읽는다.
지난밤에는 추워져 길에 이슬 내리고
구름이 마을을 덮더니 상쾌함이 없네

흰 달빛이 좁은 방에 들어 옷을 벗어 놓고
밤새 서로 이야기를 풀어 놓으리라.
달이 산봉우리에 높이 떠 올라 비추니
빈 창에 빛이 들어 집이 더 환해지누나.

86. 省察 (성찰)

天機滾滾近如斯 (천기곤곤근여사)

過日冬歸醉不歌 (과일동귀취불가)

省有多情殘雪在 (성유다정잔설재)

專痕跡印短墻羅 (전흔적인단장라)

空星滿路人無影 (공성만로인무영)

借問君行事故唆 (차문군행사고사)

鏡裏容顔隨歲異 (경리용안수세이)

兒心等自去年玆 (아심등자거년자)

세월은 끊임없이 가고 또 가고
지난날은 취해 겨울 가는 줄도 몰랐네
살펴보니 다행히도 잔설이 남아 있어,
작은 담장 밑에 발자국 흔적을 볼 수 있구려

하늘엔 별이 가득한데 길에는 사람의 그림자도 없어
당신에게 묻노니 행하는 일의 과정은 어떠한지?
거울 속 비친 얼굴은 해마다 달라져도
어렸을 적 그 마음 지난해와 같이 한결같다네.

87. 殘思 (잔사)

石墻細雨杏花籬 (석장세우행화리)
遠看紅濕滿岸稀 (원간홍습만안희)
此刻臨春遊澗谷 (차각임춘유간곡)
春歸愛戀更別懷 (춘귀애련경별회)

江邊綠柳多陰落 (강변록류다음락)
往後離娘久看期 (왕후리랑구간기)
看到思南山望那 (간도사남산망나)
故娘不貌鳥聽啼 (고낭불모조청제)

가랑비에 돌담 위의 살구꽃은 떨어지고
멀리 강가에도 물에 젖은 꽃이 조금 보이네
이때 계곡에서 봄을 맞아 즐겼었는데
이젠 봄도 가고 임도 갔으니 이별 시름 더하네

강변의 푸른 버들도 그늘져 떨어지는데
임 떠난 뒤 다시 볼 기약도 없구려.
항상 그리우면 남산 그곳을 바라보는데
임 모습은 잊혀지고 새 울음만 들려오네.

88. 北岳山 (북악산)

秀岳總蒼互相圍 (수악총창호상위)

袍衣一振最高臺 (포의일진최고대)

回頭己有千峰隔 (회두기유천봉격)

北岳足達散霧飛 (북악족달산무비)　　北岳: 청와대의 뒷산

世事悠悠甚一笑 (세사유유심일소)

年光一過又急馳 (년광일과우급치)

傾生老臉經心痛 (경생노검경심통)

脚下山嵐蔓舞離 (각하산람만무리)　　山嵐: 산 안개

빼어난 바위 모두 푸른 빛으로 둘러쌌고
옷자락 흩날리며 최고봉에 올라섰네
고개 돌려 보니 수많은 봉우리가 차례로 있고
북악산 밑에는 족히 안개가 흩어지누나.

끝없는 세상일에 깊이 한 웃음 짓는데
세월은 나날이 급하게 달려가네
늙으면서 얼굴을 보니 마음 상하는데
발아래 산안개 너울너울 사라지네.

89. 甚念 (심념)

晴天密木影無窮 (정천밀목영무궁)

正好炎天納冷風 (정호염천납랭풍)

頂壁微風梧落葉 (정벽미풍오락엽)

恩恩季侯百憂中 (총총계후백우중)

傷心槿域層紛事 (상심근역층분사)　　槿域: 한국땅

歲惡何難見此豊 (세오하난견차풍)

涉想單身無量念 (섭상단신무량념)

重新柳柱暮烟中 (중신류주모연중)

날이 개니 숲속 그림자 끝없이 늘어지고
찬 바람 그치니 더운 날이 정말 좋구려
담 위에 미풍 부니 오동잎 낙엽 지고
온갖 근심 걱정하는 중에도 세월은 가네

더욱 어수선한 나랏일에 애가 끊이고
어려운 이때 풍요는 보기 어려울 듯하오?
곰곰이 생각에 잠기다가 생각을 바꾸니
저녁 안개 속에서 버드나무가 새롭게 보이네

90. 弼雲臺 (필운대)

自適弼雲落木秋 (자적필운락목추)　　弼雲: 서울 서촌의 누대

山嵐殘照使人愁 (산람잔조사인수)

西風九月遲秋盡 (서풍구월지추진)

杜宇終陰血泣喉 (두우종음혈읍후)　　杜宇: 두견이라고 하는 새

舊日經留難苦事 (구일경류난고사)

夕雲叫鳥入邊憂 (석운규조입변우)

生涯業績功勳意 (생애업적공훈의)

肅靜空峽降霧蕪 (숙정공협강무무)

때맞춰 낙엽 지니 필운대도 가을일세
저녁 산안개 비치니 사람 회포 자아내네
9월의 서풍 늦은 가을 마치려는지
저녁 그늘에선 두견새 애절하게 우는구나.

지난날은 삶의 고통만을 남겨 주었고
새 소리 저녁 구름 모두 다 시름이 되었네
일평생 공훈을 이루려는 뜻을 가졌었건만
고요한 빈 골짜기에 짙은 안개만 깔렸구나.

91. 追査 (추사)

山雨過暮照浮遲 (산우과모조부지)

但冷淸凉那裏基 (단랭청량나리기)

校坐高齡臨似忘 (교좌고령임사망)

夕陽隱蔽月登迷 (석양은폐월등미)

安巖背崗歌弦錄 (안암배강가현록)　　安巖: 성북구의 지명

玉友能何憶起時 (옥우능하억기시)　　玉友: 소중한 친구

電晃延陰耀校院 (전황연음요교원)

學圈舊步路疑馳 (학권구보로의치)

저녁에 비 지나고 늦게 석양이 비치니
시원하고 청량한 것이 마음에 드네
교정에 늙은이 멍하니 앉아 있다 보니
달은 아직 나오지 않았는데 석양은 희미하네.

안암동 뒷산에서 놀던 그때의 추억을
친우들은 어떻게 기억하고 있을까?
밝은 전등 불빛이 흐릿한 교정을 밝혀주니
옛날 교정에서 걷던 길 맞는지 의심이 되네

92. 幽閒 (유한)

秋節日沒泣棲鴉 (추절일몰읍서아)
曉露梁津衆路多 (효노량진중로다)
到處洲紅楊葉遍 (도처주홍양엽편)
浮說始認界聞佳 (부설시인계한가)

秋龍馬寂聽鶯泣 (추룡마적청앵읍)　　龍馬: 노량진의 동산
計世蕭條野鳥斜 (계세소조야조사)
苦坐獨歸時忘路 (고좌독귀시망로)
靑天比待月來佳 (청천비대월래가)

가을 해 사라지니 까마귀 울고
이슬 젖은 새벽 노량진엔 길손도 많네
강가 여기저기 버들잎 많이 붉어져
한가하고 아름답다는 말 이제 알았네

꾀꼬리 울음소리 고요한 용마산에서 들리니
쓸쓸한 세상사 들판의 새와 비슷하구나
돌아갈 때를 잊고 홀로 앉아 있으니
달맞이하는 것보다 푸른하늘이 더욱 좋구나.

93. 戰痕 (전흔)

一貫京華趕歲棲 (일세경화간세서)　　京華: 호화로은 서울

時危事寂一身居 (시위사적일신거)

平生禮法得專最 (평생례법득전최)

百動於人孝本低 (백동어인효본저)

舊樣非重容故貌 (구양비중용고모)

樓亭戰後色凄凄 (루정전후색처처)

當時欲問成失事 (당시욕문성실사)

狀況實明辨細舒 (상황실명변세서)

서울 생활 1년씩 머무는 듯 가고
어려운 일에 때로는 말도 못 건넸다.
평생 예의 지키는 것도 중요 하다만
인간 백행 중 효가 기본이 아닌가?

옛 모습은 바뀌고 또는 없어지는 것
전후 누대마저 물색이 처량하구나
당시 상황 이제 잘잘못을 알려면
실제 명백한 상황을 세밀히 찾는 것이다.

94. 死生 (사생)

華山澗水起風蕪 (화산간수기풍무)　　華山: 북한산의 이명

細雨飄飄干葉留 (세우표표간엽류)

午後花間能降雨 (오후화간능강우)

陵頭綠柳豈須仇 (릉두록류기수구)

天公爲送三山壽 (천공위송삼산수)　　天公: 하느님

最善鴛鴦樂過衢 (최선원앙락과구)　　鴛鴦: 원앙새

一去人生無再次 (일거인생무재차)

芳山樂水快遨遊 (방산락수쾌오유)

북한산(화산) 계곡에 바람이 거칠게 불더니
가랑비 내려 날리는 마른 잎사귀를 적신다.
오후에 꽃이 필 때도 비가 내렸는데
언덕 위 푸른 버들은 누구를 원망하리오.

인간의 수명은 하늘이 점지하는 것이니
속세에서 원앙새처럼 평생 즐김이 제일이오
한 번 가는 인생 두 번 다시 살 수 없으니
산 좋고 물 맑은 곳을 찾아 즐기며 삽시다.

95. 永郞畔 (영랑반)

數載重來萬事悲 (수재중래만사비)

秋知早葉醒驚飛 (추지조엽성경비)

銀河照浪人迷臉 (은하조랑인미검)　　銀河: 은하수

杜宇便傾客舍啼 (두우편경객사제)

世事浮雲余不預 (세사부운여불예)

扁舟夜泛永郞池 (편주야범영랑지)　　永郞湖: 속초 북단의 석호

恒常世態蕭然溢 (항상세태소연일)

豈向人間話是非 (기향인간화시비)

수년 만에 다시 오니 모든 것이 서글프고
새벽 낙엽 지는 소리에 놀라 깨어보니 가을이네
은하수 호수에 잠겨도 가신 임 얼굴은 희미하고
두견새만 객사 주변에서 울어대는구나.

이 몸 허튼 세상일에 이미 관심 없으니
고요한 밤에 영랑호에 한 척의 배나 띄워 보세
항상 쓸쓸한 세태에 초연하게 지내는데
왜 남에게 시비의 말을 하라 하시오.

96. 束草 (속초)

關東到處此稱雄 (관동도처차칭웅)　　關東: 한반도의 동편

浪舞繁華勝越中 (랑무번화승월중)

月煜香峰書朗誦 (월욱향봉서낭송)　　香峰: 속초 북단의 향로봉

獨愁遠外仰親朋 (독수원외앙친붕)

君年甲子當番遇 (군년갑자당번우)

校院逢春互欲窮 (교원봉춘호욕궁)

自少交遊今竝老 (자소교유금병로)

凋傷往忘酒盃隆 (조상왕망주배륭)

관동(영동) 이곳을 최고의 지역이라 칭하니
일렁이는 물결 화려한 산이 으뜸이라네
향로봉에 달이 비칠 때 책을 낭송하면
홀로 멀리 떠난 친구들이 그리워지네

회갑 지나 올해 몇 번 만났었는지?
봄에 교정에서 서로 만나려고 했었지.
어린 시절 사귄 벗들 이제 같이 늙어가니
술잔 잡으면 지난날의 서글픔을 잊으려나.

97. 順命 (순명)

江邊細雨葦宣風　(강변세우위선풍)

此外淸凉更樂中　(차외청량경락중)

寞寞秋愁心似海　(막막추수심사해)

浮生應笑共卑雄　(부생응소공비웅)

休把善惡從余問　(휴파선악종여문)

願將憂悲與友充　(원장우비여우충)

不是全忙卽不怠　(불시전망즉불태)

塵間却有展居薨　(진간각유전거훙)

갈대에 바람이 일고 강변에 가랑비 내리니
이 맑고 시원함 이 외에 더 즐거움 있을까?
가을 바다와 같은 수심 막막하게 깊어 갈 때
차별 없이 헛된 인생길에 함께 웃으리라

세상에 선악을 나에게 묻지 마소.
벗과 함께 슬픔을 함께하길 바라네.
바쁘지도 게으르지도 않은 삶을
풍진 속에서 살다 죽어 가리라.

98. 遊船 (유선)

江波一洗世間憂 (강파일세세간우)

綠浪風隨滾滾浮 (록랑풍수곤곤부)

幾數華山舟上過 (기수화산주상과)

迷知汝矣島將衢 (미지여의도장구)　　汝矣島: 한강 하중도

紋鷗入復飛飛線 (문구입복비비선)

一棹輕風浪朶垂 (일도경풍랑타수)

玉友無新嘗坐泛 (옥우무신상좌범)

千秋過客恨心追 (천추과객한심추)

세상 근심을 강 물결이 씻어주려 하고
푸른 물결은 바람 따라 출렁이며 흐르는구나.
몇몇 화려한 산들은 배 위를 지나는데
어느새 여의도에 도착한 것도 모르고 있었네

얼룩 갈매기 훨훨 원을 그으며 날아들고
솔솔바람 돛에 불고 물결은 꽃 모습 일으키네
소중한 친구들 배 타러는 왜 안 오는 지?
오래전부터 내 맘속에 슬픔을 안겨 주네.

99. 幽居 (유거)

僻洞深幽一徑斜 (벽동심유일경사)

年年去宿所回家 (년년거숙소회가)

寒風莫止催氷露 (한풍막지최빙로)

恐歿窓邊茉莉花 (공몰창변말리화)　　茉莉花: 재스민　꽃

醒夢三更還寂寞 (성몽삼경환적막)　　三更: 한밤중

林烟曉散更集嗟 (림연효산경집차)

相同不目兼無耳 (상동불목겸무이)

只臥林泉畢此暇 (지와림천필차가)　　林泉: 자연

비탈진 지름길로 외진 마을 찾아
매년 그곳에서 묶고 돌아갔다
찬 바람이 계속 불어 찬 이슬 내리니
창가 재스민 꽃이 시들까 걱정되네

한밤중에 일찍 잠을 깨니 밖은 적막하고
새벽 안개 흩어지니 숲은 더 울창하네
세상의 듣고 보고 한 것 다 귀 막고
오직 자연 속에 누워 한가하게 살고 싶구나.

100. 哀惜 (애석)

繁林綠葉錦華偏 (번림록엽금화편)

一夜霜凋木落延 (일야상조목락연)

擧目共如悽慷豈 (거목공여처강기)

歇車獨察跡來牽 (헐차독찰적래견)

微香雨後紛花朶 (미향우후분화타)

十月千山萎葉連 (십월천산위엽연)

世事經常恒改眼 (세사경상항개안)

人情自是懼流年 (인정자시구류년)

많은 수목의 푸른 잎 비단같이 화려했는데
하룻밤 찬 서리엔 시든 낙엽 지는구나.
눈을 돌려 쓸쓸함을 함께 하고파
차 세우고 지난 자취 생각해 보았노라.

비 온 후에 미세한 꽃향기 뿜어 대고
10월에 온 산에 지는 낙엽이 쌓여가네
세상은 항상 갈수록 얼굴을 바꾸니
흐르는 세월에 인정마저 두렵게 하네.

Epilogue

漢文學이란?
漢文을 가지고 描寫한 文學 및 그 문학을 研究하는 學問이다
漢字는 漢代의 사람들이 外國으로 流布한 文字이다.
그러므로 한자는 古代 中國 文字이다.
따라서 中國人이 漢字로 기술한 중국의 글을 漢文이라고 볼 수 있다.

韓國 漢文學란?.
우리의 漢文學은 우리나라 사람이 지은 것이니 우리 문학의 一環이라
고 볼 수 있을 것이다. 그러나 우리 特有의 形態나 形式을 새롭게 造
成하지 못하고 오로지 中國文學의 形態 및 形式을 取하여 지어진 것이
안타깝다.

우리 漢字音 聲韻?
처음 漢字가 들어 왔을 때의 中國字音에 의하여 형성되었을 것으로 推
測되어진다. 특히 中國 中原地方의 언어가 아닌 北方地域의 중국 語音
이 들어왔을 것이다.

文學이란?
春秋左氏傳 襄公 25年條 의 傳文
「仲尼曰 志有之, 言以足志, 文以足言, 不言, 誰知其志, 言之無文, 行而不遠」

-공자 말하기를 「말로 뜻을 지닌 마음을 완전하게 나타내는 것이고, 글로 말을 완전하게 나타내는 것이다. 말하지 않으면, 누가 지닌 뜻을 알 것인가? 그리고 뜻을 말로 나타내어 그것을 글로 기록함이 없다면, 그 말이 세상에 퍼진다 해도 멀리까지 미치지 못할 것이다.」 요약하면 문학은 말로 뜻을 지닌 것을 완전하게 나타내는 것이다.(공자)
결국, (文學)은 사람이 지닌 뜻을 문자로 기록한 것이라고 풀이된다.

文章이란?
문장은 곧 어떤 形態의 글에 의하고 또 어떤 形式에 의해서, 人間, 社會, 自然의 아름답고 眞實하게 묘사하고, 描寫한 사람의 情緒와 主觀을 담은 것이다.

漢詩란?
특히 詩 분야는 보통 古代詩, 古體詩, 今體詩로 나눌 수 있다.
古代詩는 詩經詩, 楚辭로 區分되고,
古體詩는 5言古體詩 와 7言古體詩로 兩別 되고,
今體詩는 絶句詩, 律詩, 排律詩로 구별되고, 그것들은 각각 5言, 7言으로 分別된다.

詩文學에서 시의 本質을 「書經」 舜典에 詩言志, 歌永言라고 피력했다.

詩經의 大序에
「詩者志之所之也 在心爲志, 發言爲詩」
詩는 곧 마음속에 느낀 것을 潛在한 생각을 말로 發露시킨 것이다.
라고 한다. 그렇다고 말로 된 것이 다 詩가 될 수는 없다.
後世에 詩가 音樂과 分離되기 前에는 詩는 노래로 불리어졌다는 것이었다. 즉, 歌詞에는 리듬(韻律)이 있어야 한다는 것이다.

그리고 한 篇의 詩에는 일정한 形式과 엄격한 規定이 생겼다.

그리하여 詩體의 글은 여러 가지 制約을 받게 된다.

결국 詩로 그 의미를 나타낼 경우, 韻律法과 篇法을 지켜야 했다.

즉, 篇法에는 한 편의 詩는 몇 句로 制限한다든지,

詩句를 몇 字씩 써야 한다든지 規定할 뿐만 아니라,

詩는 몇 句節로 詩意를 돌려 말하고 몇 句節로 한 篇을 구성해야 한다는 등, 所謂 起承轉結法들이 생기게 되었다.

※ 漢詩의 展開過程

太初 詩歌 文學은 詩(韻文)문학과 歌辭(시와 散文 중간)으로 볼 수 있다.

文學에서 詩와 散文의 差異点으로 詩는 韻文, 歌詞는 散文에 가까운 글이라 稱하고 있다.

그러다면 시가 音樂(咏言)은 시노래라 칭할 수 있는데 곧 詩歌는 음을 길게 즐기면서 하는 말이라 稱할 수 있다.

書經에서는 "詩言志 歌永言"이라 칭하고 있다.

즉, 시는 뜻을 표현하는 것이며, 말로써 나타낸 것은 반드시 길고 짧은 절이 있는 것이므로 노래는 이 말을 길게 늘인 것이라는 뜻이다.

詩經에서는 "詩者志之所之也, 在心爲志 發言爲詩" 즉, 시는 마음속에 느끼며 潛在한 생각을 말로써 發露시킨 것이다. 세월이 지나 詩가 音樂과 분리되기 전에는 노래로 불리던 것이라 볼 수 있다.

이러한 詩는 中國 文學의 主流로 北方문학 詩經과 南方문학 楚辭에서 시작되었다. 이 흐름은 唐朝에 詩의 黃金期가 되었다.

詩經은 周初에서 春秋戰國時代 黃河流域에서 모은 4言詩가 基調가 되었다.
이 4言詩가 발전하면서 漢朝 때 樂歌로써 樂府의 발전 계기를 맞게 되
었다.
한편 "楚辭"는 戰國時代 이후 揚子江 유역에서 楚國의 6言詩를 기초로
秦末부터 漢初에 걸쳐 발전하였다.
이러한 楚辭는 후에 웅대한 작품이 많이 나타나기도 하였다.
또한 5言古詩의 생성에도 많은 영향을 주었을 것으로 보여진다.

※ 詩經
中國 上古時代의 詩는 詩經과 楚辭 두 가지가 있었다고 한다.
楚辭는 우리 漢文學에 직접적 영향을 주지는 못했다.
그러나 대신 楚辭의 後身이랄 수 있는 賦가 발전했었다.
詩經은 殷 나라 末葉 周 나라(BC1027 ~246)의
春秋時代(BC722~481) 定王時(BC606~586) 경까지 지어진
北方中國의 詩를 集大成한 詩集이다.
그후 秦 始皇帝의 焚書(BC213) 暴虐에 遺失 되었다.
당시 학자들이 暗誦하고 있던 것을 再現시킨 것이 詩經이다.
대표적으로 現存하는 것은 魯 나라 출신 '毛亨'이 전한 "毛詩"다.
前漢(BC206~AD8), 後漢(25~220)까지 여러 篇이 竝存했으나 南北朝
時代에 "外傳"이라는 篇만 남고 本文은 없어졌다.
그리하여 毛詩만 남아 傳 하는바 오늘날의 詩經 즉 毛詩이다.
詩經은 編纂했을 당시 311篇 이었으나 오늘 傳하는 것은 305篇뿐이다.

※ 4聲의 特徵 및 押韻

1) 4聲의 特徵

①平聲: 짧고 편안한 소리로 높낮이 없음   (平道莫底昂)
        상평성: 높은 소리로 끝까지 이어짐
        하평성: 처음에 중간소리가 끝이 높아짐
②上聲: 처음이 낮고 뒤로 가면서 높아짐
        높고 맹렬하고 강한 소리   (高呼猛烈强)
③去聲: 처음이 높고 뒤로 가면서 낮아짐
        분명하고 애처롭고 긴 소리   (分明哀道遠)
④入聲: 짧고 촉박하고 거두는 소리   (短促急收藏)
        받침이 ㄱㄷㅂ 인 경우가 많다

2) 押韻(脚韻)
    말소리는 音과 韻으로 형성되는데
    韻이란 母音(中聲)과 받침(終聲) 부분을 칭한다.
    押韻 된 字는 平聲字로 "韻字"라고 하며
    "廉을 본다(맞춘다)"라고 한다

※ 近體詩 漢詩 作法

1) 漢字의 四聲과 平仄에 따라 配列.
• 4가지 소리로 구분.

• 사성(平城, 上聲, 去聲, 入聲) :
 -平聲: 평성(낮은 소리)
 -仄聲: 상성, 거성, 입성(높은 소리).
• 韻字를 정해진 위치에 배열.

2) 形式
• 平起式 : 둘째 글자가 평성으로 시작
• 仄起式 : 둘째 글자가 측성으로 시작

3) 漢詩 作詩 順序
• 형식을 정함
• 평기식, 측기식(선택)
• 平·仄 位置에 맞게 글자를 配置 (平은 평성 / 上,去,入은 측성)

※ 平仄 考慮事項 (기본 구성도)
- 구의 4자가 평성일 때 앞뒤가 측성 불가.
  구의 4자가 측성일 때 앞뒤가 평성 불가.

- 구의 6자가 평성일 때 측성 불가.
- 구의 6자가 측성일 때 평성 불가(일부 허용)
- 구의 마지막 3자가 측성, 평성 불가
- 구의 첫 자가 모두 측성, 평성 불가

(5言詩: 평평측측, 측측평평을 기본으로 삼아 1자를 보충하는 형식으
로 평평측측평, 측측 평평측, 평평평측측, 측측측평평의 4가지이며 측

측평평평이나 평평측측측은 인정하지 않음.
 (絶句: 4행이 기승전결(起承轉結)의 형태를 띄며, 압운(押韻)이 있고,
제1행와 제3행의 끝 자는 仄聲, 제2행과 제4행의 끝 자는 平聲韻.

※ 漢詩 內容構成

* 대체로 1,2구에서는 景致를 묘사, 3,4구에서 感情이나 情緖 등을 표
현 (반대도 가능)
* 내용 및 의미를 대구(對句)로 구성.
* 重複된 글자가 없도록(같은 구나 연에서 중복 가능)
* 의미상 같은 글자나 단어를 避함.

※ 律詩는 함련과 경련이 대가 되어야 함.
수련(首聯 1.2구) 도입 함련(頷聯 3.4구)과 경련(頸聯 5.6구)는 대구, 미
련(尾聯 6.7구) 마무리.

雪嶽 孤吟

초판 발행 2025년 10월 15일
지은이   이명준
펴낸이   김복환
펴낸곳   도서출판 지식나무
등록번호 제301-2014-078호
주소 서울시 중구 수표로12길 24
전화 02-2264-2305(010-6732-6006)
팩스 02-2267-2833
이메일 booksesang@hanmail.net

ISBN 979-11-993878-4-3
값 25,000원